編者的話

為了讓小朋友，輕鬆學會四十一個 K.K. 音標，並能正確拼音，我們特地編寫這本「K.K.音標」，做為兒童美語的輔助教材。

⊙本書特色如下：

1. 活潑精美的插圖，配合有趣的練習活動，讓小朋友自然親近這些符號。

2. 以國中範圍為標準，挑選小朋友身邊常見的單字激發學習興趣，同時也教他們認識這些生活字彙。

3. 每課後均附聽寫練習，方便老師教學及加深小朋友的記憶。

4. 書末並有音標聽寫總複習，學完20課的小朋友，即可達到看音標發出正確拼音及音標聽寫的程度。

有了「K.K.音標」的幫忙，相信每位小朋友都能很快地學會 K.K.音標，並說一口純正標準的美語。

U0084518

CONTENTS

LESSON 1

pig
〔pɪg〕
/p/

piano
〔pɪˈæno〕

pen
〔pɛn〕

park
〔pɑrk〕

bus
〔bʌs〕
/b/

bag
〔bæg〕

book
〔bʊk〕

bed
〔bɛd〕

Listen and write the correct sound.

/ **p** / or / **b** /

1.

_____

2.

_____

3.

_____

4.

_____

5.

_____

6.

_____

7.

_____

8.

_____

LESSON 2

teacher
〔'titʃɚ〕

tea
〔ti〕

/t/

two
〔tu〕

toy
〔tɔɪ〕

doll
〔dɑl〕

desk
〔dɛsk〕

/d/

door
〔dɔr〕

dog
〔dɔg〕

Listen and write the beginning sound.

/ t / or / d /

1. _____

2. _____

3. _____

4. _____

5. _____

6. _____

7. _____

8. _____

LESSON 3

king
〔kɪŋ〕

key
〔ki〕

/k/

cook
〔kʊk〕

coffee
〔'kɔfɪ〕

girl
〔gɝl〕

/g/

glass
〔glæs〕

gun
〔gʌn〕

game
〔gem〕

Listen and write the beginning sound.

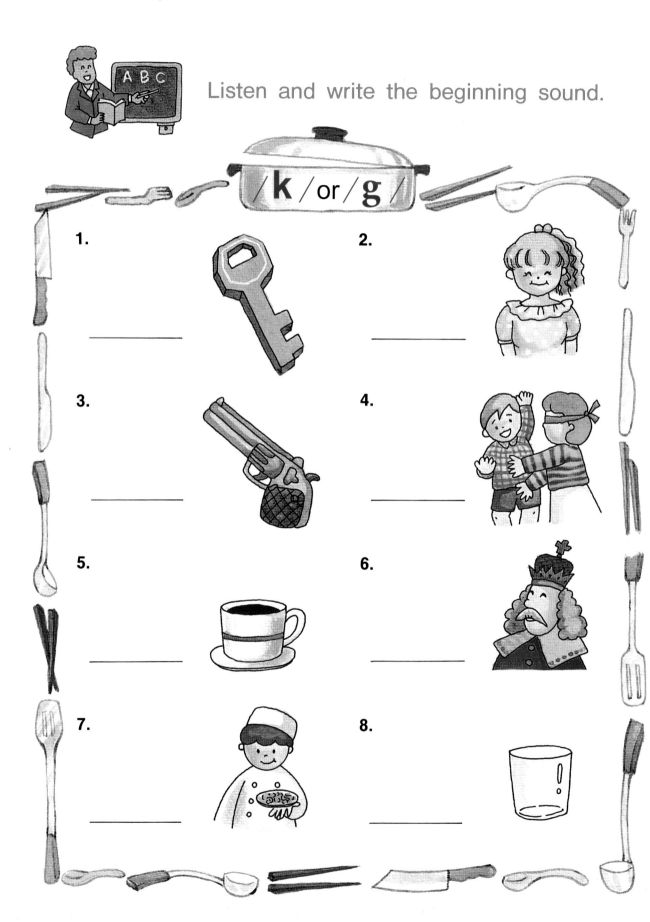

/ k / or / g /

1. _____

2. _____

3. _____

4. _____

5. _____

6. _____

7. _____

8. _____

LESSON 4

farm
〔fɑrm〕

/f/

father
〔'fɑðə〕

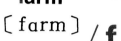

face
〔fes〕

fish
〔fɪʃ〕

volleyball
〔'vɑlɪ,bɔl〕

/v/

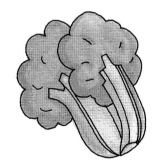

violin
〔,vaɪə'lɪn〕

vegetable
〔'vɛdʒətəbl̩〕

visit
〔'vɪzɪt〕

Listen and write the beginning sound.

/ **f** / or / **v** /

1. _____

2. _____

3. _____

4. _____

5. _____

6. _____

7. _____

8. _____

LESSON 5

three
〔θri〕
/θ/

thin
〔θɪn〕

thank
〔θæŋk〕

thirty
〔'θɝtɪ〕

father
〔'fɑðɚ〕
/ð/

that
〔ðæt〕

they
〔ðe〕

brothers
〔'brʌðɚz〕

Listen and write the correct sound.

/θ/ or /ð/

1. _____

2. _____

3. _____

4. _____

5. _____

6. _____

7. _____

8. _____

LESSON 6

this
〔ðɪs〕

/s/

student
〔'stjudənt〕

glass
〔glæs〕

face
〔fes〕

zoo
〔zu〕

/z/

Tuesday
〔'tjuzde〕

zebra
〔'zibrə〕

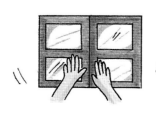

close
〔kloz〕

Listen and write the correct sound.

/ **S** / or / **Z** /

1. _____

2. _____

3. _____

4. _____

5. _____

6. _____

7. _____

8. _____

LESSON 7

shirt
〔ʃɝt〕

shop
〔ʃɑp〕

/ʃ/

shoe
〔ʃu〕

she
〔ʃi〕

/ʒ/

garage
〔gəˈrɑʒ〕

measure
〔ˈmɛʒɚ〕

television
〔ˈtɛləˌvɪʒən〕

Listen and write the correct sound.

/ ʃ / or / ʒ /

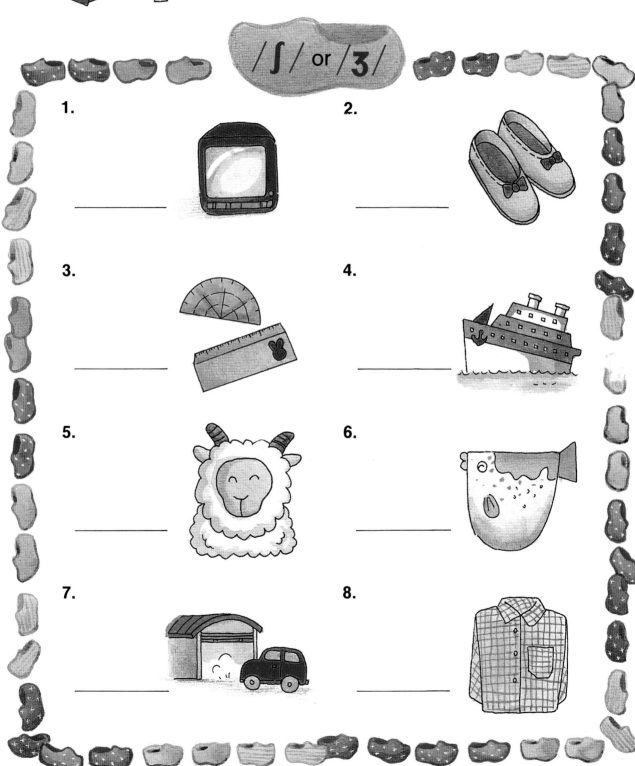

1.

_____

2.

_____

3.

_____

4.

_____

5.

_____

6.

_____

7.

_____

8.

_____

LESSON 8

child
〔tʃaɪld〕

/tʃ/

church
〔tʃɝtʃ〕

watch
〔watʃ〕

teacher
〔'titʃɚ〕

jump
〔dʒʌmp〕

jet
〔dʒɛt〕

/dʒ/

June
〔dʒun〕

John
〔dʒɑn〕

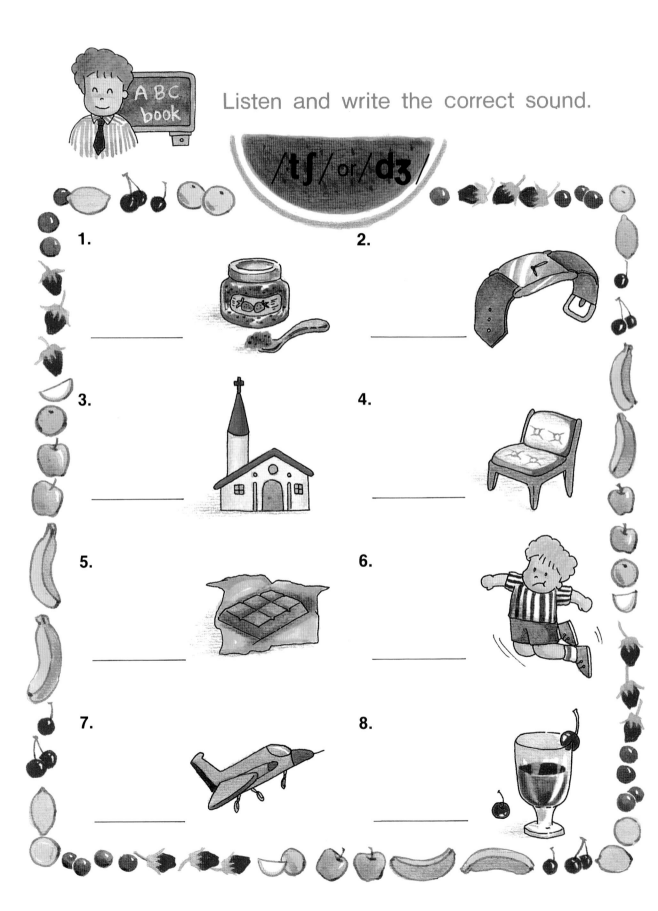

Listen and write the correct sound.

/tʃ/ or /dʒ/

1.

2.

3.

4.

5.

6.

7.

8.

LESSON 9

lion
〔ˈlaɪən〕

/ l /

ball
〔bɔl〕

bell
〔bɛl〕

clock
〔klɑk〕

rice
〔raɪs〕

/ r /

car
〔kɑr〕

read
〔rid〕

door
〔dɔr〕

Listen and write the correct sound.

/l/ or /r/

1.

_____

2.

_____

3.

_____

4.

_____

5.

_____

6.

_____

7.

_____

8.

_____

LESSON 10

 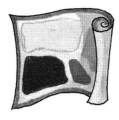 

man
〔mæn〕

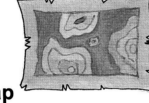

map
〔mæp〕

/m/

summer
〔'sʌmɚ〕

come
〔kʌm〕

son
〔sʌn〕

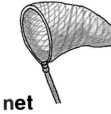

net
〔nɛt〕

/n/

nurse
〔nɝs〕

town
〔taʊn〕

Listen and write the correct sound.

/ **m** / or / **n** /

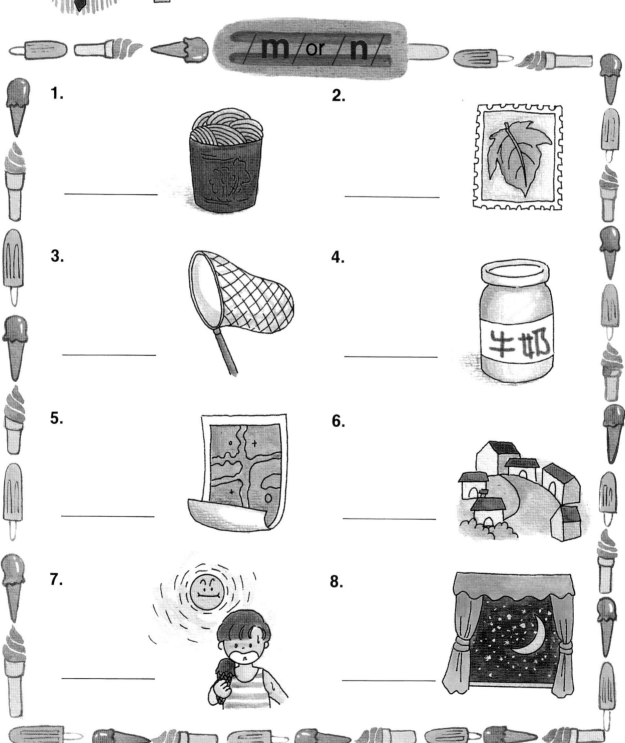

1. _____

2. _____

3. _____

4. _____

5. _____

6. _____

7. _____

8. _____

LESSON 11

long
〔lɔŋ〕

/ŋ/

sing
〔sɪŋ〕

king
〔kɪŋ〕

thank
〔θæŋk〕

hat
〔hæt〕

/h/

horse
〔hɔrs〕

house
〔haʊs〕

hair
〔hɛr〕

Listen and write the correct sound.

/ŋ/ or /h/

1. _____

2. _____

3. _____

4. _____

5. _____

6. _____

7. _____

8. _____

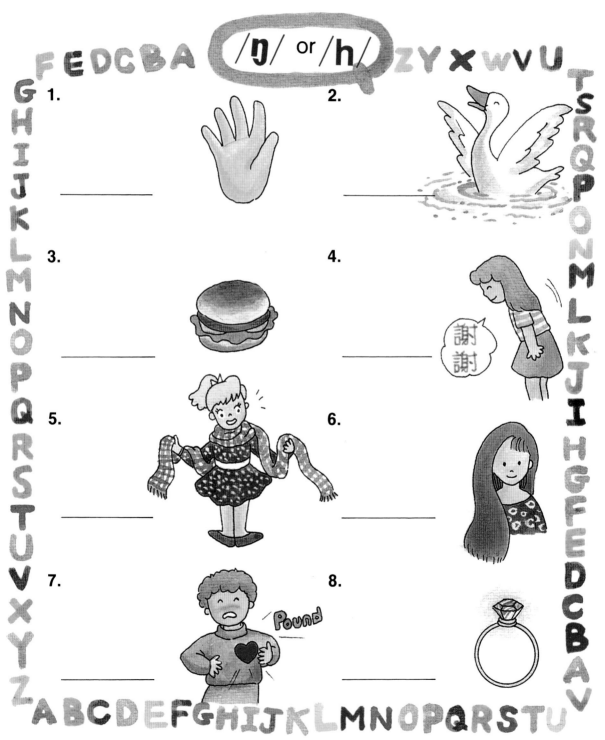

LESSON 12

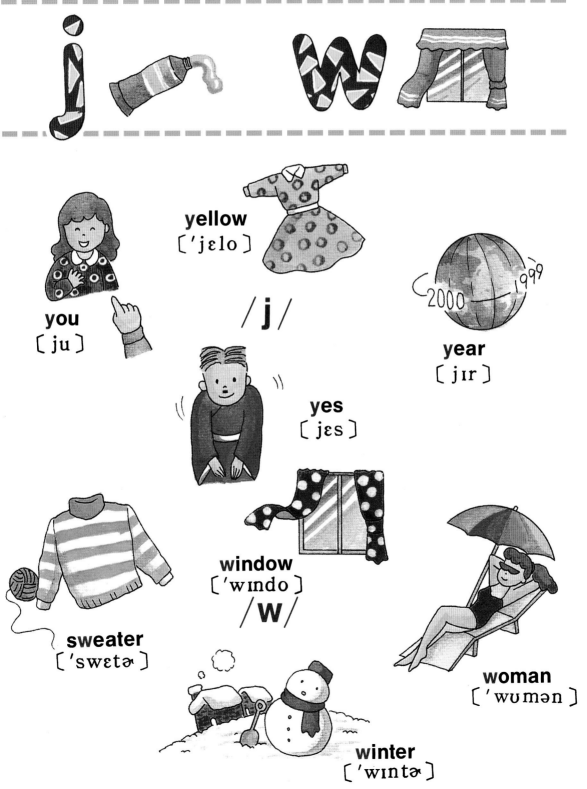

yellow
〔ˈjɛlo〕

/j/

you
〔ju〕

year
〔jɪr〕

yes
〔jɛs〕

window
〔ˈwɪndo〕

/w/

sweater
〔ˈswɛtɚ〕

woman
〔ˈwʊmən〕

winter
〔ˈwɪntɚ〕

Listen and write the correct sound.

/j/ or /w/

1. _____

2. _____

3. _____

4. _____

5. _____

6. _____

7. _____

8. _____

LESSON 13

clean
〔klin〕

see
〔si〕

/ i /

eat
〔it〕

key
〔ki〕

pig
〔pɪg〕

fish
〔fɪʃ〕

/ ɪ /

drink
〔drɪŋk〕

ship
〔ʃɪp〕

1 Listen and circle the correct sound.

/i / / ɪ /	/i / / ɪ /

2 Speed reading.

[sik]   [liv]   [brið]   [bitʃ]

[ˈivnɪŋ]   [ˈvɪzɪt]   [brɪdʒ]   [bɪld]

3 Listen and write the correct phonetic symbols.

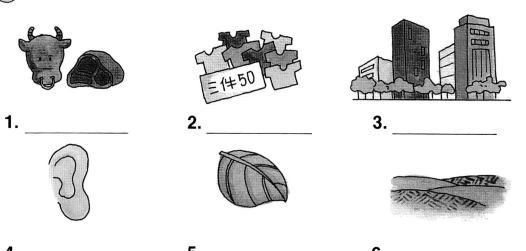

1. _____   2. _____   3. _____

4. _____   5. _____   6. _____

LESSON 14

  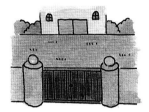

hair
〔hɛr〕

/ɛ/

Betty
〔'bɛtɪ〕

bed
〔bɛd〕

bear
〔bɛr〕

gate
〔get〕

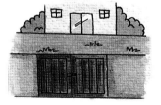

/e/

bake
〔bek〕

face
〔fes〕

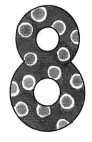

eight
〔et〕

1 Listen and circle the correct sound.

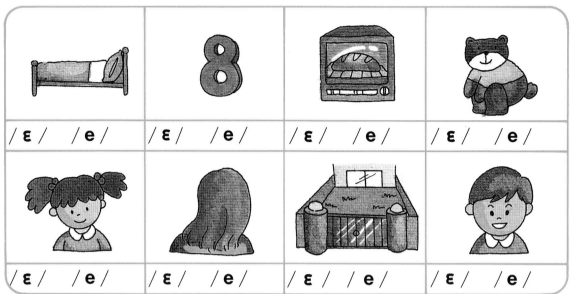

/ ɛ / / e /	/ ɛ / / e /	/ ɛ / / e /	/ ɛ / / e /
/ ɛ / / e /	/ ɛ / / e /	/ ɛ / / e /	/ ɛ / / e /

2 Speed reading.

〔frɛʃ〕   〔'ɛvrɪˌθɪŋ〕   〔ɪks'pɛnsɪv〕   〔tʃɛk〕

〔we〕   〔det〕   〔brev〕   〔ɪks'plen〕

3 Listen and write the correct phonetic symbols.

1. _____   2. _____   3. _____

      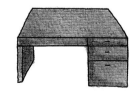

4. _____   5. _____   6. _____

LESSON 15

candy
〔'kændɪ〕

hand
〔hænd〕

/æ/

rabbit
〔'ræbɪt〕

cat
〔kæt〕

sock
〔sɑk〕

box
〔bɑks〕

/ɑ/

fox
〔fɑks〕

car
〔kɑr〕

1 Listen and circle the correct sound.

/ æ / / ɑ /	/ æ / / ɑ /	/ æ / / ɑ /	/ æ / / ɑ /
/ æ / / ɑ /	/ æ / / ɑ /	/ æ / / ɑ /	/ æ / / ɑ /

 2 Speed reading.

〔'hæpɪ〕   〔mæθ〕   〔sæd〕   〔'sændwɪtʃ〕

〔pɑt〕   〔watʃ〕   〔hɑrd〕   〔'ɑnɪst〕

 3 Listen and write the correct phonetic symbols.

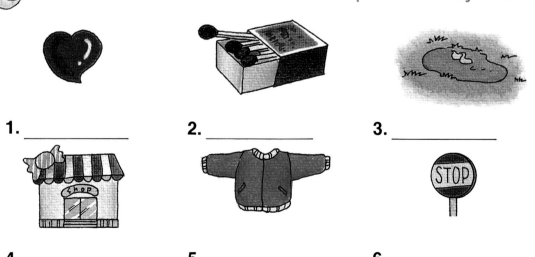

1. _____   2. _____   3. _____

4. _____   5. _____   6. _____

LESSON 16

work
〔wɝk〕

church
〔tʃɝtʃ〕

/ɝ/

bird
〔bɝd〕

skirt
〔skɝt〕

dinner
〔ˈdɪnɚ〕

Saturday
〔ˈsætɚde〕

/ɚ/

farmer
〔ˈfɑrmɚ〕

dollar
〔ˈdɑlɚ〕

Listen and circle the correct sound.

/ ɝ / / ə˞ /	/ ɝ / / ə˞ /

Speed reading.

〔 fɝst 〕   〔 'wɝdɪ 〕   〔 klɝk 〕   〔 'bɝθ,de 〕

〔 'tʃipə˞ 〕   〔 'iðə˞ 〕   〔 'æftə˞ 〕   〔 'kærɪktə˞ 〕

 Listen and write the correct phonetic symbols.

1. _____   2. _____   3. _____

4. _____   5. _____   6. _____

LESSON 17

cup
〔kʌp〕

butter
〔ˈbʌtɚ〕

/ʌ/

duck
〔dʌk〕

lunch
〔lʌntʃ〕

Christmas
〔ˈkrɪsməs〕

open
〔ˈopən〕

/ə/

breakfast
〔ˈbrɛkfəst〕

handsome
〔ˈhænsəm〕

1 Listen and circle the correct sound.

/ ʌ /   / ə /   / ʌ /   / ə /   / ʌ /   / ə /   / ʌ /   / ə /

/ ʌ /   / ə /   / ʌ /   / ə /   / ʌ /   / ə /   / ʌ /   / ə /

2 Speed reading.

[ˈkʌlɚ]   [ˈlʌkɪ]   [ˈfʌnɪ]   [hʌnt]

[ˈfeməs]   [ˈtʃɛkəp]   [kənˈtrol]   [kəˈnɛkt]

Listen and write the correct phonetic symbols.

1. _____   2. _____   3. _____

4. _____   5. _____   6. _____

LESSON 18

old
〔old〕

/o/

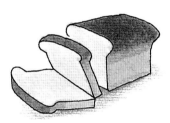

toast
〔tost〕

road
〔rod〕

boat
〔bot〕

soft
〔sɔft〕

/ɔ/

coffee
〔'kɔfɪ〕

ball
〔bɔl〕

dog
〔dɔg〕

1 Listen and circle the correct sound.

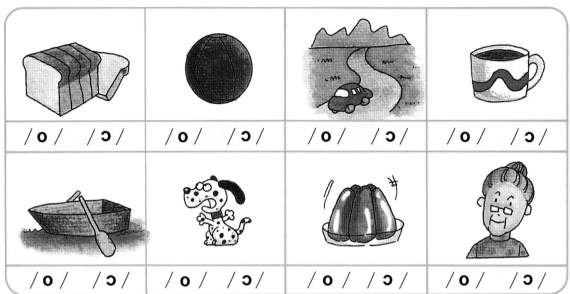

/ o / / ɔ /	/ o / / ɔ /	/ o / / ɔ /	/ o / / ɔ /
/ o / / ɔ /	/ o / / ɔ /	/ o / / ɔ /	/ o / / ɔ /

 2 Speed reading.

〔rost〕　　〔cost〕　　〔ˈbɑro〕　　〔bɪˈfor〕

〔kɔl〕　　〔sɔft〕　　〔bɪˈkɔz〕　　〔lɔst〕

 3 Listen and write the correct phonetic symbols.

1. _____　　2. _____　　3. _____

4. _____　　5. _____　　6. _____

LESSON 19

shoes
〔ʃuz〕

zoo
〔zu〕

/u/

soup
〔sup〕

movie
〔'muvɪ〕

book
〔bʊk〕

foot
〔fʊt〕

/ʊ/

wolf
〔wʊlf〕

cook
〔kʊk〕

1 Listen and circle the correct sound.

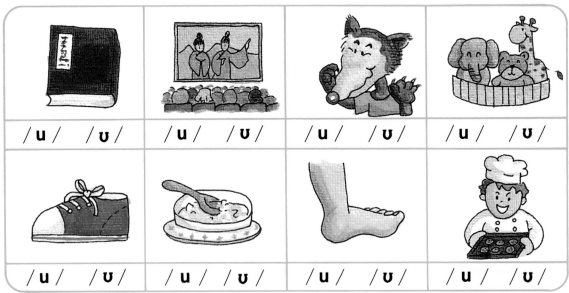

/ u / / ʊ /	/ u / / ʊ /	/ u / / ʊ /	/ u / / ʊ /
/ u / / ʊ /	/ u / / ʊ /	/ u / / ʊ /	/ u / / ʊ /

 2 Speed reading.

〔 ruf 〕   〔 ful 〕   〔 grup 〕   〔 juθ 〕

〔 lʊk 〕   〔 gʊd 〕   〔 kʊd 〕   〔 hʊd 〕

 3 Listen and write the correct phonetic symbols.

       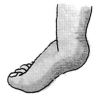

1. _____   2. _____   3. _____

4. _____   5. _____   6. _____

LESSON 20

  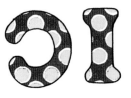

fly
〔 flaɪ 〕

/aɪ/

write
〔 raɪt 〕

mouse
〔 maʊs 〕

/aʊ/

flower
〔 ˊflaʊɚ 〕

voice
〔 vɔɪs 〕

/ɔɪ/

boy
〔 bɔɪ 〕

1   Listen and circle the correct sound.

/aɪ/ /aʊ/ /ɔɪ/	/aɪ/ /aʊ/ /ɔɪ/	/aɪ/ /aʊ/ /ɔɪ/	/aɪ/ /aʊ/ /ɔɪ/
/aɪ/ /aʊ/ /ɔɪ/	/aɪ/ /aʊ/ /ɔɪ/	/aɪ/ /aʊ/ /ɔɪ/	/aɪ/ /aʊ/ /ɔɪ/

2   Speed reading.

〔 laʊd 〕   〔 saʊnd 〕   〔 naɪs 〕   〔 daɪ 〕

〔 faɪn 〕   〔 dʒɔɪn 〕   〔 ˈnɔɪzɪ 〕   〔 ɪnˈdʒɔɪ 〕

3   Listen and write the correct phonetic symbols.

1. _____   2. _____   3. _____

4. _____   5. _____   6. _____

 Write the correct K.K. symbols.

1. _____

2. _____

3. _____

4. _____

5. _____

6. _____

7. _____

8. _____

9. _____

10. _____

11. _____

12. _____

13. _____

14. _____

15. _____

Read and sing.

〔 ritʃ 〕〔 fɔr 〕〔 ðə 〕〔 skaɪ 〕

1. 〔 klæp 〕〔 jʊr 〕〔 hændz 〕,〔 tʌtʃ 〕〔 jʊr 〕〔 toz 〕.

2. 〔 tɜn 〕〔 ə'raʊnd 〕〔 ɛnd 〕〔 pʊt 〕〔 jʊr 〕〔 'fɪŋɚ 〕〔 ɑn 〕〔 jʊr 〕
   〔 noz 〕.

3. 〔 flæp 〕〔 jʊr 〕〔 ɑrmz 〕,〔 dʒʌmp 〕〔 ʌp 〕〔 haɪ 〕

4. 〔 'wɪgḷ 〕〔 jʊr 〕〔 'fɪŋɚz 〕〔 ɛnd 〕〔 ritʃ 〕〔 fɔr 〕〔 ðə 〕〔 skaɪ 〕

Reach for the Sky

Clap your hands,　touch your toes,　Turn a-round and put your fin-ger on your nose.

Flap your arms,　jump up high,　Wig-gle your fin-gers and　reach for the sky.

Listen and write the correct K.K. symbols.

1. There once was a girl named Cinderella.
   [   ]   [   ][   ]

2. Cinderella had a step-mother and two step-sisters.
              [   ] [   ]   [   ]

3. Cinderella had a lot of work to do every   day
              [   ] [   ]   [   ][   ]

4. One day, the prince gave a big party but Cinderella
            [   ][   ] [   ][   ]

   was not allowed to go to the party.
            [   ]

5. Then a fairy appeared.
   [   ] [   ][   ]

6. The fairy gave Cinderella a new dress and made a
                                 [   ] [   ]

   coach to take her to the party.
   [   ] [   ][   ]

7. At last, Cinderella met the handsome prince.
      [   ]   [   ] [   ][   ]

8. Cinderella left the party at the strike of 12 but left
              [   ]   [   ]

   one of her slippers behind.
             [   ][   ]

9. The prince looked for the girl who could wear the
             [   ]   [   ][   ]

   slipper. Only Cinderella could wear the slipper.

10. Cinderella and the prince were married and lived
                                 [   ] [   ]

    happily ever after.
    [   ][   ][   ]

一、認識K.K.音標

⑴ 音標是語言的發音符號

英文的音標相當於中文的注音符號，其作用是使人看了音標之後，即可讀出正確的發音。初學者在學習英語時，由於深受母語（即國語）的影響，對於一些國語中沒有的音（如 /ð/，/θ/ 等），往往無法確實掌握正確的發音方法及發音位置，因此音標的學習不僅是英語基本的入門，更是學好英語重要的一環。

⑵ **K.K.音標的由來**

現今國中教科書是採用K.K.音標。K.K.音標是由美國語言學家 John S. Kenyon 與 Thomas A. Knott 兩人根據**國際音標 IPA**（ International Phonetic Alphebat ）而編訂的。因兩人的姓都是K開頭，因此稱作K.K.音標。

二、發音器官部位名稱圖

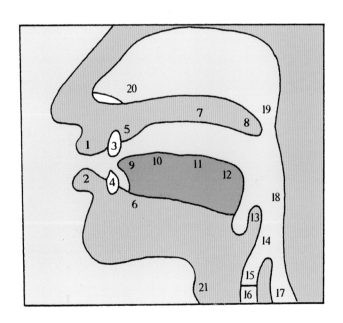

1. 上唇	2. 下唇	3. 上齒	4. 下齒	5. 上齦	6. 下顎	7. 硬顎	8. 軟顎
9. 舌尖	10. 舌前	11. 舌中	12. 舌根	13. 會厭軟骨	14. 聲門	15. 聲帶	16. 氣管
17. 食道	18. 咽喉	19. 鼻道	20. 鼻腔	21. 喉節			

子音發音部位與發音狀態表

發音狀態＼發音部位		雙唇	唇齒	齒間	牙齦	硬顎	軟顎	雙唇—軟顎	聲門
塞爆音	無聲	p			t		k		
塞爆音	有聲	b			d		g		
鼻音	有聲	m			n		ŋ		
摩擦音	無聲		f	θ	s	ʃ			h
摩擦音	有聲		v	ð	z	ʒ			
塞擦音	無聲					tʃ			
塞擦音	有聲					dʒ			
邊音	有聲				l				
半母音	有聲					j		w	
捲舌音	有聲				r				

・説明

　無聲子音與有聲子音的區別僅在於聲帶的活動。發**無聲子音**時，**聲帶沒有振動**，發**有聲子音**時，**聲帶會振動**。

母音發音位置表

/aɪ/，/aʊ/，/ɔɪ/為雙母音。

・説明

1. K.K.音標僅將 /aɪ/，/aʊ/，/ɔɪ/ 三個音標視為雙母音。

2. /ɪr/，/ɛr/，/ɑr/，/ɔr/，/or/，/ʊr/ 等，原本不是雙母音，但是美國音把 /r/ 附在母音後面發音。

3. 母音中單母音共有十四個，雙母音有三個，總共十七個。

三、子音發音說明

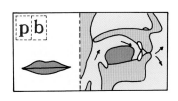

〔發音要訣〕 /p/ 先雙唇緊閉，再以氣息爆破雙唇，無聲。
　　　　　　/b/ 發音方法與口形與 /p/ 同，但須振動聲帶，有聲。

〔國語注音〕 /p/ 與「ㄆ」類似；/b/ 與「ㄅ」音類似。

〔例字〕 pen〔pɛn〕筆；cup〔kʌp〕杯子
　　　　 book〔bʊk〕書；bus〔bʌs〕公車

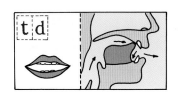

〔發音要訣〕 /t/ 雙唇微開，舌尖頂住上齦，將氣息突破舌尖與上齦的封閉處，不振動聲帶，無聲。
　　　　　　/d/ 發音方法與口形和 /t/ 同，但須振動聲帶，有聲。

〔國語注音〕 /t/ 與「ㄊ」類似；/d/ 與「ㄉ」類似。

〔例字〕 sit〔sɪt〕坐；dog〔dɔg〕狗

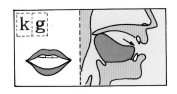

〔發音要訣〕 /k/ 雙唇微開，舌後頂住軟顎，接着將氣息推出，不振動聲帶，無聲。
　　　　　　/g/ 發音方法與口形和 /k/ 同，但須振動聲帶，有聲。

〔國語注音〕 /k/ 與「ㄎ」類似；/g/ 與「ㄍ」類似。

〔例字〕 key〔ki〕鑰匙；good〔gʊd〕好

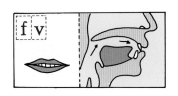

〔發音要訣〕 /f/ 將上齒輕壓下唇，然後將氣息從唇齒間放出，形成摩擦音，但不振動聲帶，無聲。
　　　　　　/v/ 發音方法與口形和 /f/ 同，但須振動聲帶，有聲。

〔國語注音〕 /f/ 與「ㄈㄨ」類似；/v/ 無類似音。

〔例字〕 live〔lɪv〕生活；friend〔frɛnd〕朋友

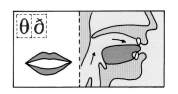

〔發音要訣〕 /θ/ 將舌尖放在上、下齒之間，突出一點，讓氣息自齒舌間摩擦而過，不振動聲帶，無聲。
　　　　　　/ð/ 發音方法與口形和 /θ/ 同，但須振動聲帶，有聲。

〔國語注音〕 /θ/ 與「ㄙ」類似（但舌頭要放在上、下齒間）。

〔例字〕 that〔ðæt〕那；three〔θri〕三

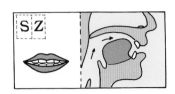

〔發音要訣〕 /s/ 雙唇微開，上、下齒輕合，讓氣息自齒
間摩擦而出，不振動聲帶，無聲。
/z/ 發音方法與口形和 /s/ 同，但須振動聲
帶，有聲。

〔國語注音〕 /s/ 與「ㄙ」類似；/z/ 與「ㄖ」類似但不
捲舌。

〔例字〕 spell〔spɛl〕拼；please〔pliz〕請

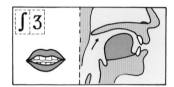

〔發音要訣〕 /ʃ/ 雙唇微開，向前稍突出，舌前貼近上顎，
送氣，不振動聲帶，無聲。
/ʒ/ 發音方法與口形和 /ʃ/ 同，但須振動聲
帶，有聲。

〔國語注音〕 /ʃ/ 介於「ㄒ」與「ㄕ」之間。

〔例字〕 short〔ʃɔrt〕短的；she〔ʃi〕她
television〔'tɛlə,vɪʒən〕電視
garage〔gə'rɑʒ〕車庫

〔發音要訣〕 /tʃ/ 雙唇微開，前舌貼近硬顎，讓氣息自舌與
硬顎間摩擦而出，不振動聲帶，無聲。
/dʒ/ 發音方法與口形和 /tʃ/ 同，但須振動
聲帶，有聲。

〔國語注音〕 /tʃ/ 與「ㄑㄧ」類似；/dʒ/ 與「ㄐㄩ」類似。

〔例字〕 watch〔wɑtʃ〕錶；John〔dʒɑn〕約翰

〔發音要訣〕 雙唇微開，舌尖頂住上齦，氣息由舌兩邊發
出，須振動聲帶，有聲。

〔國語注音〕 放在母音前，發與「ㄌ」類似音。
放在母音後，發與「ㄡ」類似音。

〔例字〕 clock〔klɑk〕鐘；bell〔bɛl〕鈴；
spell〔spɛl〕拼

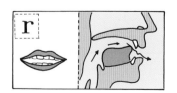

〔發音要訣〕 雙唇微開，舌尖略捲接近上齦，振動聲帶，
有聲。

〔國語注音〕 放在母音前，發與「ㄖ」類似音，但舌更捲。
放在母音後，發與「ㄦ」類似音，但舌更捲。

〔例字〕 ring〔rɪŋ〕鈴響；read〔rid〕讀；
door〔dɔr〕門

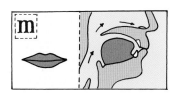

〔發音要訣〕雙唇緊閉，舌平放，由鼻腔發音，振動聲帶，
　　　　　　有聲。

〔國語注音〕與「ㄇ」類似。

〔例字〕my〔maɪ〕我的；man〔mæn〕男人；
　　　　mother〔'mʌðɚ〕母親

〔發音要訣〕雙唇微開，舌尖頂住上齦，由鼻腔發音，振
　　　　　　動聲帶，有聲。

〔國語注音〕放在母音前，發與「ㄋ」類似音。
　　　　　　放在母音後，發與「ㄣ」類似音。

〔例字〕now〔naʊ〕現在；no〔no〕不；pen〔pɛn〕筆

〔發音要訣〕雙唇微開，舌後頂及軟顎，由鼻腔發音，振
　　　　　　動聲帶，有聲。

〔國語注音〕與「ㄥ」類似。

〔例字〕Wang〔wɑŋ〕王（姓）；thank〔'θæŋk〕謝謝；
　　　　sing〔sɪŋ〕唱歌

〔發音要訣〕口半開，舌平放，聲門做開，氣息由口腔內
　　　　　　呼出，不振動聲帶，無聲。

〔國語注音〕與「ㄏ」類似，但僅呼氣，沒有聲音。

〔例字〕he〔hi〕他；how〔haʊ〕如何；
　　　　her〔hɝ〕她

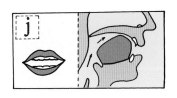

〔發音要訣〕舌面高起，略近硬顎，須振動聲帶，有聲。

〔國語注音〕與「一」類似。

〔例字〕you〔ju〕你；yes〔jɛs〕是；
　　　　year〔jɪr〕年

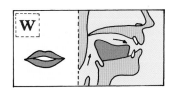

〔發音要訣〕嘴唇突出成圓形，後舌接近軟顎發音，有聲。

〔國語注音〕與「ㄨ」類似，但輕而短。

〔例字〕Wang〔wɑŋ〕王；word〔wɝd〕字；
　　　　watch〔wɑtʃ〕錶

四、母音發音說明

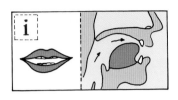

〔發音要訣〕舌尖位於口腔「高前部」。

〔國語注音〕與「ㄧ」長音類似。

〔例字〕 he〔hi〕他；key〔ki〕鑰匙；she〔ʃi〕她

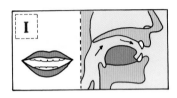

〔發音要訣〕發音的方法與口形和 /i/ 相似，只是較短。

〔國語注音〕與「ㄧ」輕短音類似。

〔例字〕 this〔ðɪs〕這個；it〔ɪt〕它；is〔ɪz〕是

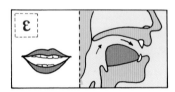

〔發音要訣〕舌尖頂住下齒，唇齒均半開，前舌平升。

〔國語注音〕與「ㄝ」類似。

〔例字〕 desk〔dɛsk〕書桌；pen〔pɛn〕筆

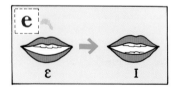

〔發音要訣〕先發 /ɛ/ 音，再發 /ɪ/ 音。

〔國語注音〕與「ㄝㄧ」類似。

〔例字〕 day〔de〕天；they〔ðe〕他們

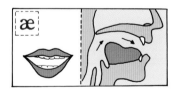

〔發音要訣〕舌尖頂住下齒，口形較 /ɛ/ 稍大。

〔國語注音〕介於「ㄝ」「ㄚ」之間。

〔例字〕 that〔ðæt〕那；cat〔kæt〕貓

〔發音要訣〕口張大，舌前後部微升，舌尖不觸下齒。

〔國語注音〕與「ㄚ」類似。

〔例字〕 not〔nɑt〕不；what〔hwɑt〕什麼；
　　　　car〔kɑr〕車子

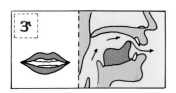

〔發音要訣〕舌尖捲向硬顎，唇齒半開。

〔國語注音〕與「ㄜㄦ」類似。

〔例字〕　girl〔gɝl〕女孩；word〔wɝd〕字；
　　　　　her〔hɝ〕她

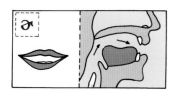

〔發音要訣〕舌尖向硬顎微捲，口形與 /ɝ/ 相似，只是發
　　　　　音稍輕而短。

〔國語注音〕與「ㄜㄦ」類似。

〔例字〕　teacher〔ˈtitʃɚ〕老師；brother〔ˈbrʌðɚ〕兄弟

〔發音要訣〕舌尖頂住下齒，舌後略升，口半開。

〔國語注音〕介於「ㄚ」「ㄜ」之間。

〔例字〕　cup〔kʌp〕杯子；up〔ʌp〕上；
　　　　　bus〔bʌs〕公車

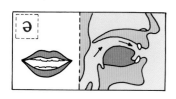

〔發音要訣〕口形與 /ɚ/ 相似，惟唇舌都不出力。

〔國語注例〕與「ㄜ」類似。

〔例字〕　open〔ˈopən〕打開；sofa〔ˈsofə〕沙發；
　　　　　garage〔gəˈrɑʒ〕車庫

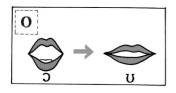

〔發音要訣〕先發 /ɔ/ 音，再發 /ʊ/ 音。

〔國語注音〕與「ㄛㄨ」類似。

〔例字〕　old〔old〕舊的；no〔no〕不；
　　　　　those〔ðoz〕那些

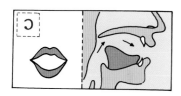

〔發音要訣〕舌後升，舌尖不觸下齒，口全開，唇成圓形。

〔國語注音〕與「ㄛ」類似。

〔例字〕　dog〔dɔg〕狗；ball〔bɔl〕球；
　　　　　tall〔tɔl〕高的

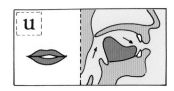

〔發音要訣〕舌向後縮，接近軟顎，嘴唇突出成圓形。

〔國語注音〕與「ㄨ」長音類似。

〔例字〕 you〔 ju 〕你； too〔 tu 〕也；
school〔 skul 〕學校

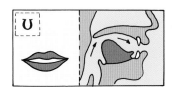

〔發音要訣〕發音方法與口形和/u/相似，惟較短。

〔國語注音〕與「ㄨ」短音類似。

〔例字〕 good〔 gud 〕好； book〔 buk 〕書；
cook〔 kuk 〕做菜

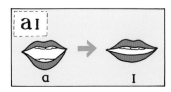

〔發音要訣〕先發/ɑ/音，再滑向/ɪ/音。

〔國語注音〕與「ㄞ」類似。

〔例字〕 I〔 aɪ 〕我； fine〔 faɪn 〕好；
write 〔 raɪt 〕寫

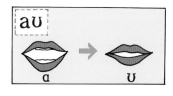

〔發音要訣〕先發/ɑ/音，再滑向/ʊ/音。

〔國語注音〕與「ㄠ」類似。

〔例字〕 how〔 haʊ 〕如何； now〔 naʊ 〕現在；
house〔 haʊs 〕房子

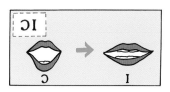

〔發音要訣〕先發/ɔ/音，再滑向/ɪ/音。

〔國語注音〕與「ㄛㄧ」類似。

〔例字〕 boy〔 bɔɪ 〕男孩； toy〔 tɔɪ 〕玩具；
coin〔 kɔɪn 〕硬幣

Dictation Manuscript For Teacher

Lesson 1
1. bus   2. box   3. piano   4. pig   5. boy
6. pen   7. bed   8. park

Lesson 2
1. two   2. dog   3. door   4. teacher
5. toy   6. doll   7. desk   8. tea

Lesson 3
1. key   2. girl   3. gun   4. game
5. coffee   6. king   7. cook   8. glass

Lesson 4
1. volleyball   2. fox   3. vegetable   4. vase
5. fish   6. violin   7. fat   8. face

Lesson 5
1. feather   2. father   3. throw   4. brothers
5. three   6. thirty   7. they   8. thin

Lesson 6
1. glass   2. zebra   3. zoo   4. bus
5. student   6. zipper   7. Tuesday   8. face

Lesson 7
1. television   2. shoes   3. measure   4. ship
5. sheep   6. fish   7. garage   8. shirt

Lesson 8
1. jam   2. watch   3. church   4. chair
5. chocolate   6. jump   7. jet   8. juice

Lesson 9
1. read   2. clock   3. run   4. bell
5. lemon   6. door   7. shell   8. hair

Lesson 10
1. noodles   2. stamp   3. net   4. milk
5. map   6. town   7. summer   8. night

Lesson 11
1. hand   2. wing   3. hamburger   4. thank
5. long   6. hair   7. heart   8. ring

Lesson 12
1. year   2. witch   3. wet   4. sweater
5. yellow   6. you   7. yard   8. wine

Lesson 13
[1] 1. key   2. fish   3. ship   4. eat
5. see   6. drink   7. clean   8. pig

[3] 1. beef   2. cheap   3. city   4. ear
5. leaf   6. field

Lesson 14
[1] 1. bed   2. eight   3. bake   4. bear
5. Betty   6. hair   7. gate   8. face

[3] 1. friends   2. airplane   3. chair   4. game
5. lake   6. desk

Lesson 15
[1] 1. box   2. rabbit   3. car   4. hand
5. candy   6. sock   7. fox   8. cat

[3] 1. heart   2. match   3. pond   4. shop
5. jacket   6. stop

Lesson 16
[1] 1. dollar   2. skirt   3. church   4. Saturday
5. bird   6. farmer   7. dinner   8. work

[3] 1. nurse   2. December   3. doctor
4. teacher   5. girl   6. shirt

Lesson 17
[1] 1. open   2. butter   3. duck
4. breakfast   5. Christmas   6. lunch
7. cup   8. handsome

[3] 1. mother   2. umbrella   3. bus
4. computer   5. sofa   6. glove

Lesson 18

1. 1. toast   2. ball   3. road   4. coffee
   5. boat   6. dog   7. soft   8. old

3. 1. golf   2. radio   3. soap
   4. daughter   5. office   6. zero

Lesson 19

1. 1. book   2. movie   3. wolf   4. zoo
   5. shoe   6. soup   7. foot   8. cook

3. 1. tooth   2. wood   3. foot
   4. room   5. fruit   6. school

Lesson 20

1. 1. boy   2. ice   3. write   4. voice
   5. mouse   6. flower   7. brown   8. point

3. 1. house   2. night   3. cry
   4. cow   5. toy   6. coin

總複習

1. 1. blackboard   2. breakfast   3. August   4. handsome   5. movie
   6. church   7. fox   8. jacket   9. flower   10. Christmas
   11. child   12. bridge   13. yellow   14. king   15. television